A MENINA QUE ENGOLIU O SAPO

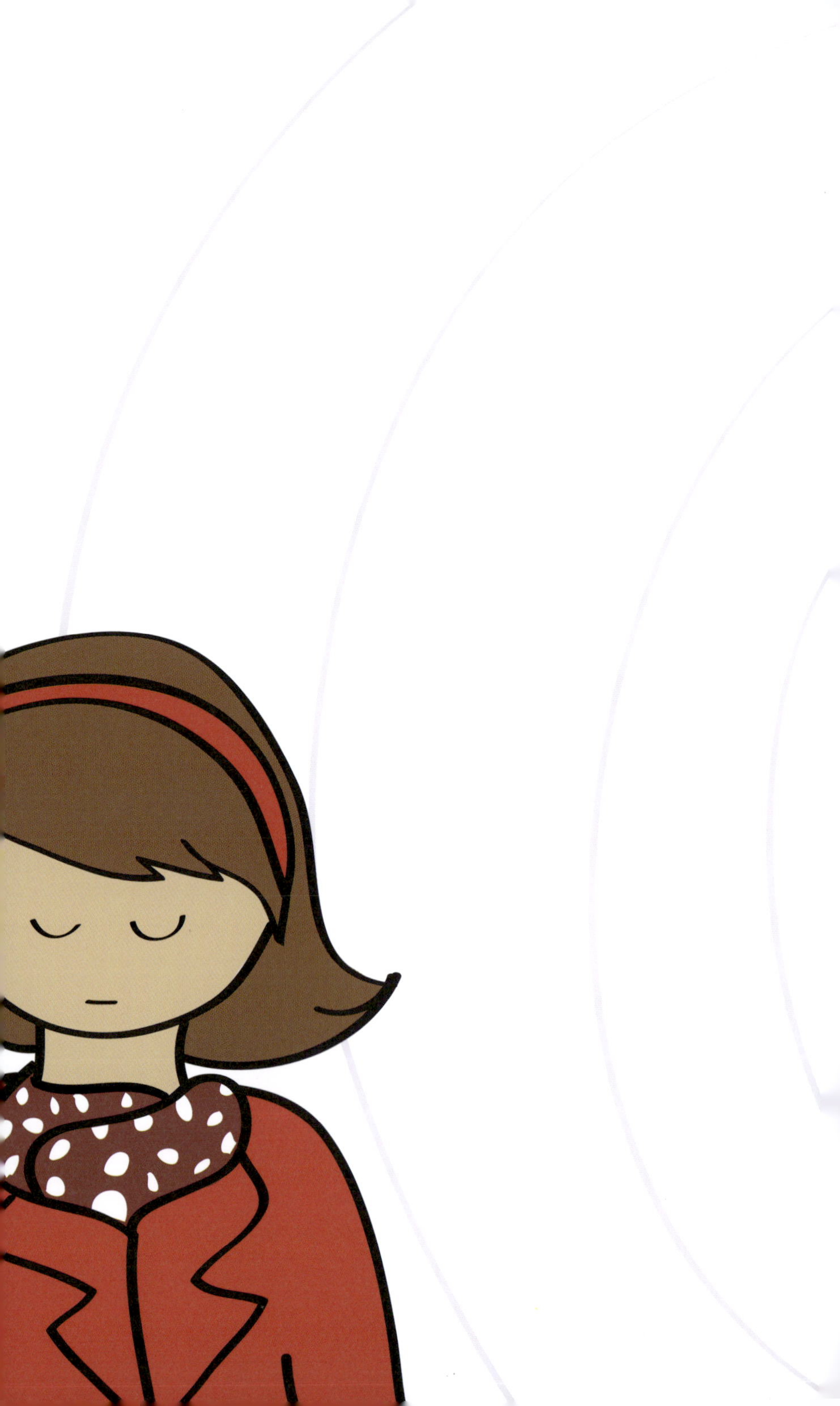

Dilma Bittencourt

A MENINA QUE ENGOLIU O SAPO

TOPBOOKS

Copyright © 2016 Dilma Bittencourt

Editor
José Mario Pereira

Editora assistente
Christine Ajuz

Capa, projeto gráfico, diagramação e ilustrações
Miriam Lerner | Equatorium Design

Revisão
Cristina Pereira

Produção
Mariângela Félix

CIP-BRASIL. CATALOGAÇÃO NA PUBLICAÇÃO
SINDICATO NACIONAL DOS EDITORES DE LIVROS, RJ

B543m

Bittencourt, Dilma
    A menina que engoliu o sapo / Dilma Bittencourt. - 1. ed. - Rio de Janeiro : Topbooks, 2016.
    110 p. : il. ; 21 cm.

ISBN 978-85-7475-263-1

1. Ficção infantojuvenil brasileira. I. Título.

16-33560   CDD: 028.5
                                                                       CDU: 087.5

Todos os direitos reservados por
Topbooks Editora e Distribuidora de Livros Ltda.
Rua Visconde de Inhaúma, 58 / gr. 203 – Centro
Rio de Janeiro – CEP: 20091-007
Telefax: (21) 2233-8718 e 2283-1039
E-mail: topbooks@topbooks.com.br
Visite o site da editora para mais informações
www.topbooks.com.br

Aos meus primeiros leitores de um livro em construção,

A todos os meus leitores.

Para Ulisses.

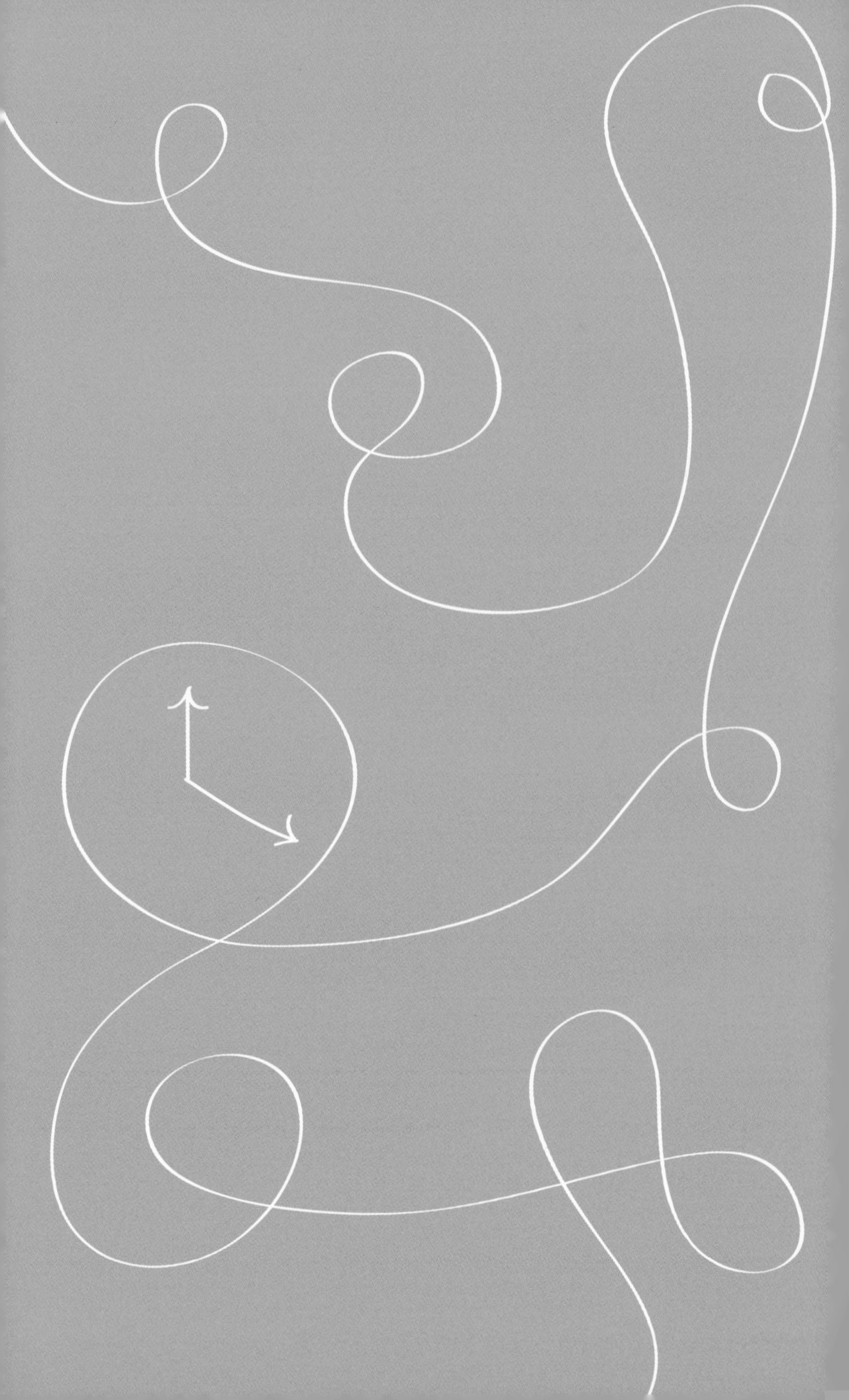

SUMÁRIO

Prefácio, **11**
Preâmbulo, **13**
Prólogo, **15**

1. A menina e o espelho, **17**
2. Um momento de suspense..., **21**
3. Tempo de espera, **25**
4. Embalando os sonhos, **29**
5. Esperando o tempo, **33**
6. Imagem do tempo, **37**
7. Tempo de histórias, **45**
8. Procurando o tempo, **55**
9. A máquina do tempo, **61**
10. Incógnita do tempo, **67**
11. Tempo e não tempo, **77**
12. Tempo encouraçado, **81**
13. Tempo de catequese, **91**
14. Tempos congelados, **99**

Epílogo, **105**
Carta ao leitor, **107**

PREFÁCIO

A *menina que engoliu o sapo* fala do tempo, dos tempos, tempos internos, íntimos. A primavera que vai longe quando da partida do pai, o longo inverno do silêncio, da solidão e da ausência do pai e, finalmente, o verão da certeza do retorno da figura paterna. Tempos de fora também, de sementes e de flores, de frio e de calor. No texto, tudo conspira para falar do tempo, interrogação primeira, fundamental, filosófica. O tempo que é natural e cíclico, o tempo que é pessoal e denso falam juntos, acerca do ser da menina. Desvendam aos poucos que a pretensa dicotomia entre ambos não existe, o fora e o dentro não se distinguem, a natureza e a menina caminham em comunhão para o verão da certeza, que também é a certeza da volta do verão-pai. Em sua obra literária, a autora responde através da arte a uma das mais profundas questões filosóficas: o tempo, que para os gregos antigos tinha um caráter intrinsecamente natural e era visto como um ciclo e um eterno retorno, era sentido por Santo Agostinho como uma entidade dificilmente decifrável, visto que depende do estado emocional de cada um. Pode passar rápido quando estamos entretidos, ou lentamente, quando estamos entediados. Parece nem sequer existir, já que o que se foi ficou no passado, posto que o futuro ainda não é, e o presente apenas existe no instante fugaz...

O tempo se apresenta como um mistério, que só encontra solução na experiência da volta das flores ou na realidade do corpo da menina-sapo, que cresce com a ausência do pai. A menina que engoliu o sapo de ver seu pai partir, de conviver com uma mãe preconceituosa e amarga, responde ao tempo com um saber quase oriental, taoista: fora e dentro são um. O tempo emocional corresponde ao tempo natural. Assim, a arte literária mostra sua sabedoria e faz filosofia.

Clara Acker
Doutora em história da filosofia
pela Universidade de Paris IV – Sorbonne.

PREÂMBULO

Tempo é sentimento. Uma corda tocando o infinito.
Criação de quem inventa. Invenção de quem morre.

PRÓLOGO

O tempo não tem pressa/pedra calada/dorme profundo o sono de quem ri do tempo/ e implode/ o eterno.

Queria escrever para você, pai/ mas fiquei procurando por um casaco e não achei/ em nenhuma gaveta/ mala/ em nenhum banco de praça./ Então a menina desligou a tomada do tempo, mas não da memória./ E fez do tempo o silêncio/ o silêncio de quem pergunta:/ por onde vai o silêncio invisível do tempo?/ Por onde anda a sua marca? /Será o tempo uma ilusão? O não tempo?/ E fez do tempo um escape,/ refúgio de uma saudade...

1.
A MENINA E
O ESPELHO

De olho no vazio, a menina chora / o espelho se quebra./ Menina-princesa, sapo-princesa, princesa-menina. / Sopra um vento forte. A porta se abre/ a menina foge. / Foge e não olha. / Ao fundo, a beleza bruxa e vaidosa de um castelo. / A menina reina. / A princesa sonha.

Sonha o sonho de quem foge, /avessa. / E sorri. / De olho na paisagem...

E então, o tempo reina,/ dorme/ acorda./ A menina puxa o fio do presente, ele o corta./ Cose o fio do passado e ele se estreita./ Estica o fio do futuro e fotografa o desejo e a dúvida...

Enquanto isso as águas do rio costuram o silêncio/ nas marcas de um lugar, de um tempo sobrevivente...

A menina pisca os olhos e encontra um velho barbudo queimando os assentos da cozinha real, indignado com as mudanças do tempo de Natal.

E com elas se foram o bate-papo, o mundo de surpresas, o encontro dos bolos, rabanadas, abraçados aos ovos nevados.

E de repente as cadeiras silenciaram em seu significado, vazias, se desfaziam no fogo do desafeto, na trilha do insignificante. O velho barbudo sentenciava a morte
do lugar.

A menina abre os olhos, acorda do sonho, sitiada nas lembranças de um tempo e de um lugar...
O velho barbudo havia desaparecido na floresta dos contratempos.

O fio já não importava mais. Não seria o tempo uma ilusão?

2.
UM MOMENTO DE SUSPENSE...

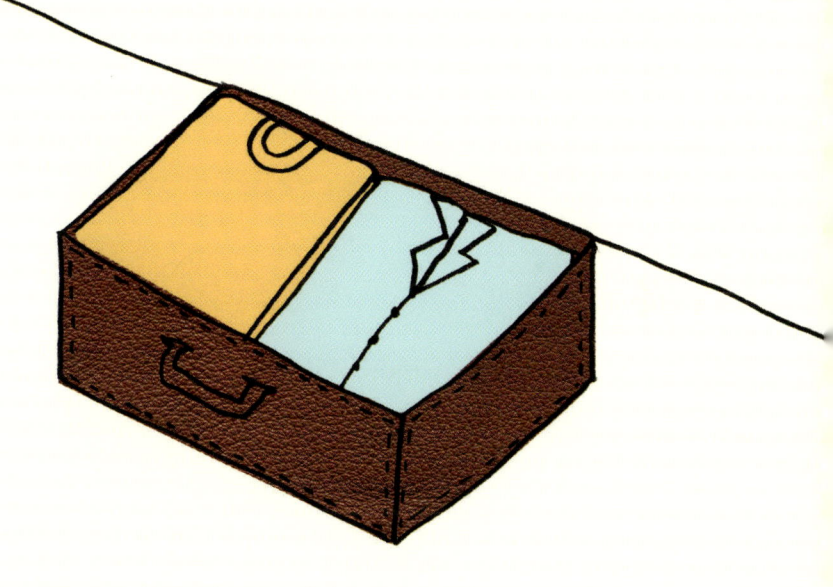

A primavera já ia longe, com ela flores, raízes e sementes...

A menina olha a porta entreaberta e tenta descobrir o silêncio. Pela fresta, sente o rosto de pavor da mãe. E a compaixão do pai.

A menina a observa e pensa: — uma múmia! Boca paralisada. Sorriso irônico. Olhos de pergunta.

Ora múmia, ora dúvida, ora desespero. E a menina começa a desenhar a mãe na imaginação, o seu rosto, quando ouviu uma voz:

— Mas por um homem — a mãe se interrogava.
— Seduzido por um homem?

A menina se viu riscando uma boca de segredo, com dois traços, deu a eles um nome: orgulho e desconfiança. E, num compasso, sublinhou os dois traços que em duas rugas se transformaram: vaidade e dor.

O pai, absorto, empilhava as calças, as camisas, os objetos, as lembranças, os anos, os dias, as alegrias, sobre a cama.

A mala aberta esperava, aflita, por um gesto, um abraço, um convite, uma brecha, uma pergunta.

E a menina, olho no espaço, viajava no tempo, quando ouviu seu grito, num eco: — Pai, você guardou o meu casaco?

3.
TEMPO DE ESPERA

A princesa-menina, de olho no olho da mãe, espera por um som, uma palavra. Mas o olho da raiva, da suspeita, do silêncio, como um fuzil, endereça a culpa e acerta o pai.

Pela fresta da porta, a menina sente os estilhaços do medo e se encolhe. O medo venta forte. A menina procura um caminho. O caminho lhe foge, o pé afunda. A mão acena para o alto e ela se vê vestindo o casaco, num dia lá longe, e ele sorrindo, sumindo de sua memória.

E a menina chora o futuro sem resposta: não sei se me desapego da saudade, ou se abraço a lembrança?

De longe, ouve a voz do pai conversando com um empregado no castelo quando o aconselhava:

— A vida me ensinou os dois tempos. A esperança é o desejo do presente e a fé no futuro.

Uma voz de dentro, inaudível, grita: — Pai!

4. EMBALANDO OS SONHOS

E a menina fica de cabeça pra baixo / e de cabeça pra cima, / como se buscasse o mundo através dos seus olhos, / quando de repente achou uma rede/ e balançou os seus sonhos,/ como se estivesse descobrindo um lugar. / E assim começou a contar e bordar sua história. / A procurar o talvez para a sua dúvida. / E ficou / talvez sim, talvez não/ talvez sim, talvez não.../ Procurando o advérbio./ Tentando achar o talvez no passado./ As compensações do estar junto/ desejando/ permanecer juntos./ Duvidar juntos/acreditar juntos. E se convencendo do talvez sim, / torcendo, / mas a mala / já estava pronta para partir com os seus sonhos/ divertimentos/ carinhos/ surpresas/ detalhes...

5.
ESPERANDO O TEMPO

Amala partiu sem uma linha... A menina ficou esperando por um telefonema, um alô, uma notícia. Mas o inverno chegou apenas com um envelope e, dentro dele, um casaco em forma de papel. E a menina começa a lembrar da sua primeira viagem com os pais. A esperar o outro dia. Pois o dia para ela vem sendo o dia a dia e ela vai puxando o fio da rotina: aula, casa, colégio; colégio, casa, aula. E a menina pensa:

— Onde ficaram o sorriso do pai, a pressa da mãe e o sono da menina levada? O dia, que antes parecia um emaranhado de emoções, linhas trançadas como um crochê, para onde foi? Um crochê que alegra, brinca, discute, chora, ri, mas fala. E, aí, ela vai tirando da gaveta os álbuns de retratos e vai puxando as linhas das viagens. E os casacos vão ficando cada vez mais coloridos, acolchoados e quentes, e ela se olha no espelho e parece que não mais se pertence. E resolve abrir a porta e sair. Lá fora, um vento forte a espera. E a menina pensa:

—Onde será que deixei o meu casaco?

6.
IMAGEM DO TEMPO

Volta a Priscila toda a imagem do castelo de pedra, e ela, de costas, fugindo, de olho no pai-rei. Não a imagem de um pai soberano, autoritário, ou mesmo acomodado, ou um fantoche.

Mas de um pai espaçoso, cujo sorriso ela vê em todas as cadeiras, sofás, na mesa, saboreando uma notícia, ou um novo molho, um largo sorriso invadindo a comunhão das horas, acordando os pássaros, lendo o primeiro capítulo de seu novo romance. E a Titã, a mais antiga secretária, perguntando, de longe, enquanto mexia, com uma pitada de sal, o arroz na cozinha:

— De onde o senhor tira tanta água de pedra?

E a menina volta ao tempo e começa a ouvir a voz do pai, em conversa com a mãe:

— Mas por quê, Maria, você atropela as minhas histórias? Não me deixa pensar, imaginar, fantasiar? Tem mágoa da minha fantasia, ciúme da minha solidão? Carência dos meus pensamentos?

— Você vive no seu mundo, na sua ficção, e eu? Sou a sombra dos seus romances? Dos seus personagens? Dos seus voos? Dos seus escapes?

— Escrever é o meu passe mágico, Maria. É quando assimilo os afetos, os desafetos, reflito o cotidiano do mundo, sinto e faço a síntese de tudo o que me surpreende, assusta e perturba. Essas são as minhas histórias, Maria. Os fantasmas você cria! E por quê, então, você não escreve?

— Por quê? Por quê? Porque eu não tenho talento para enfeitar histórias como você. Embelezar a feiura da vida com palavras. Vingar a violência do dia a dia em poesia. Soletrar a angústia em versos. Não sei!

"É muito fácil falar da dor com humor, mas como falar da própria dor em quadrinhos? Como abraçar o real com metáforas? Como dar voz à dor, à ambiguidade, em personagens? Como passear pelo real, fragmentando? Como sentir o não sentido e imaginar?"

— Maria, é como debruçar a alma da janela. Olhar de longe aquilo que nos toca. É fazer do real uma fantasia. E da fantasia, real. É como se você olhasse a paisagem e pintasse os personagens. E a imaginação olhasse além do horizonte.

— Você é um poeta!

— Todos nós fazemos diariamente a nossa obra de arte. E a arte como imagem caminha com os nossos passos para fotografar o que revelamos em palavras escritas. Em quantos nos fragmentamos, nos dividimos, na contraditória relação com o mundo e as suas diversidades? E essas não podem nos cegar. Dão-nos a tonalidade das tintas e as performances onde as palavras se encaixam. E aí se descobre que a emoção não tem fórmula.

— É, Ismael, você é um falso verdadeiro poeta!

— Contos, versos, poesia estão repletos de nós, das intenções que não são premeditadas, existem em nós.

"Vou tentar me render à sua ironia e tentar definir o poeta: O poeta é cérebro sem dono, dono de coisas comuns com toque incomum. É flor em imaginário transpirando o real, traduzido em ficção. O poeta é meio profeta e profetiza o meio. Um criador de sentimentos vagos e incontestes. Doces e feios. Amargos e belos. O poeta é um cientista às avessas. Busca sem concluir as descobertas. Um arquiteto assimétrico. Poço e nuvem em sentimentos. Acho que por isso você não me entende... Desconfia do que faço, falo, do que escrevo..."

— Queria saber desenhar o sonho real e acreditar em você. Mas para mim você é uma farsa, uma reticência com a sua ficção. Odeio todos seus romances, os seus ensaios, as suas poesias. Cansei das suas mentiras, dos seus disfarces, da sua ficção criativa. Da elaboração mentirosa dos seus personagens. Seus livros são o retrato da sua insanidade. A arte louca da mentira. Que mente para si e se consola com os seus personagens.

E a princesa-menina resgata as imagens da mãe, enfurecida, queimando as bordas da capa do romance do pai, e diz para as lembranças: "Lá se foi *A vida em dó maior*."

A mãe, olhando pro vazio, ignora os apelos do marido e mira só sua angústia, desconfiança e dor. E, na sua solidão, se atormenta com perguntas: Por que será que ele deu esse título ao seu novo romance? Será que o Maior é o sedutor? E eu apenas uma Maria de que ele tem pena, tem dó?

7.
TEMPO DE HISTÓRIAS

E os fantasmas começam a povoar a cabeça da rainha-mulher. O ciúme doentio desconfiava até dos escritos literários do marido. Desconfiava do escritor-marido-pai-rei. Dos seus personagens fictícios e reais.

Tudo começou com um inocente imprevisto.

O rei entra na cozinha e encontra o camareiro, aos prantos, debruçado à mesa de refeição dos empregados. Assustado, levanta o seu corpo e tenta apoiá-lo no espaldar da cadeira.

O camareiro pede desculpas ao rei e lhe revela o seu desespero. Josef, companheiro de longa data, acabara de o acusar de ter engravidado a filha do cozinheiro do palácio.

O rei, penalizado, coloca dois copos sobre a mesa e serve vinho ao empregado. Tenta acalmá-lo, compreender sua revolta e ouvi-lo. O camareiro, numa atitude repetitiva, balbuciava:

— Não engravidei ninguém, ninguém, ninguém... Nem conheço essa mulher, sequer... — E segreda ao rei a sua homossexualidade.

— Acredito em você, beba um pouco de vinho, vai se sentir mais relaxado. Melhor!

— Obrigado, estou eu aqui lhe fazendo confidências, quando teria de lhe prestar reverência, servi-lo. Afinal, o senhor é o rei. Em que posso ajudá-lo?

O rei coloca o braço em seu ombro e, numa atitude solidária, lhe diz:

— Agora sou eu que quero ajudá-lo!

— Então, por favor, me responda: será que fui precipitado ao romper a relação com um simples "acabou", "não quero mais ouvir" e, em seguida, desliguei o telefone?

— Penso que não. Você não deve ficar arrependido. Como viver e conviver com alguém em que você acreditava, mas não conhece? Como compartilhar horas desconfiadas no mesmo teto? Atrasar, sem enxergar sombras nos seus passos? Abraçar, sem sentir repúdio?

"Confiar é ter certeza do amor. O amor não esconde, nem engana. O amor não desconfia. O amor compartilha. Hoje é a gravidez, amanhã o que te espera? Qual a próxima invenção? Pense, ele te condenou sem provas e quer te submeter a uma investigação de paternidade? A desconfiança não é companheira, mata qualquer relação. Ouve fabulações venenosas, fabrica monstros, delira no ódio e se vinga... Insano, não? Nada divertido!"

— Nada — retrucou o camareiro. — Ele está fora de si. Eu apenas me defendi. Agora, percebo. Novamente, obrigado.

— Isso tudo me faz lembrar um trecho do poema "Mentiras", de um autor anônimo, sobre o amor —

disse o rei: "Se me recordo, os olhos falam./A voz é firme e não titubeia./Se me recordo, a palavra não explica, brota./O pensamento jorra como água/ exprime o calor da verdade/que não tem tempo/não tem momento/vive em si."

Nesse momento, a rainha-mãe entra. Sem entender o que via e não ouvia, se enfurece com a cena, chama o rei à parte, os dois entram no salão e começa a discussão.

A princesa-menina, escondida atrás do sofá, se assusta com o tom agressivo da mãe.

— Inaceitável a sua postura, Ismael, rei que é rei não bebe vinho com um serviçal, e que intimidade! Como se estivesse com alguém da corte a cochichar segredos...

— No seu pedestal, Maria, você vive só. É tão bom ouvir e ser ouvido! Poder compartilhar o sofrimento de alguém! Ser um bom conselheiro!

— Rei que é rei não perde a majestade, Ismael. Ouvir e ser ouvido por esse pobre coitado, bebendo o nosso vinho! Um reles empregado que nada lhe acrescenta!

— Você é cruel, Maria, como pode elitizar até o sentimento? Na simplicidade, encontramos experiências profundas. Elas são também o ouvido das minhas histórias, elas também me alimentam quando escrevo.

— Você perde tempo com esse arquivo morto, Ismael!

— Ele e o seu mundinho, você me fala. Mas não consigo ser um espectador do sofrimento alheio. As pessoas, os objetos não passam estranhamente por mim, Maria, sejam quais forem suas origens. Assim celebro a vida.

— Celebrar o quê, com um ignorante desse?

— As histórias que ele me conta, Maria, e o meu ouvido reinventa. Só entendo solidão quando leio e escrevo. E tem uma coisa, rei que é rei reina com o olho e o ouvido; senão, com toda a majestade, torna-se fantoche da realeza.

— E você acredita em histórias de gente pobre que fica ouvindo atrás das portas para fuxicar na cozinha? Gente invejosa? Que nada faz para ter nada e ainda inveja, Ismael?

— Sentimento, Maria, é algo singular. Você não sabe o que é brigar com o sentimento, sentir saudade por necessidade, pelas circunstâncias. Você desconhece o que se passa com o outro. A complexidade das decisões, as dificuldades das renúncias. Hoje o camareiro, esse pobre rapaz, me fez pensar sobre isso, e me transportou à personagem Varvara Alieksiêievna, do primeiro romance *Gente pobre*, de Dostoiévski.

— Pois vi em seus olhos um sentimento de vergonha, algo errado, um sentimento de vergonha dele mesmo, quando entrei.

— Você não viu nada, outro era o seu sentimento. O sentimento de perda e ganho ao mesmo tempo. O sentimento de decepção e de busca do sossego. O sentimento de quem acredita e se engana. O sentimento de quem se surpreende com a falta de sensibilidade e a cegueira do outro. O sentimento de alguém em um terremoto interno, em luta entre o amor e a razão.

A mulher fica em silêncio. E a menina fica atenta ao diálogo diferenciado dos pais e admira o jeito de o pai olhar o outro, sentir suas dificuldades e ver a si mesmo. E ouve o pai falando com a mãe:

— Olhar o mundo com os olhos alheios, Maria, é tentar compreender o mundo. Meus dias são um compromisso com as perguntas. Assim vivo, fotografo, revelo e escrevo os sentimentos. E lhe digo, Maria, em nenhum momento vi o camareiro envergonhado diante de mim. Este é o seu olhar...

A menina, triste, guarda a imagem de intolerância da mãe, seu modo displicente de falar sem pensar no que fala, sua indiferença, seus gestos arrogantes, seu desprezo pelos subordinados...

Para a princesa-menina, a cozinha sempre representou um pouso alegre, na companhia do pai, dos cheiros e sabores, dos quitutes enfeitados pelos empregados. Amigos-Empregados.

E desenhava em sua cabeça um caminho, o dia seguinte da partida do pai, e via a rainha-mãe discutindo por um nada. Traída pelo fantasma da imaginação, da incerteza de quem só escuta a própria voz. A voz da desconfiança. Da posse, do domínio, da insegurança e da solidão.

8.
PROCURANDO O TEMPO

O tempo parou. O relógio sem corda marcou pela última vez sete horas, à espera do dono. As horas se evaporaram em anos. O sol continua a bater nas janelas, agora fechadas. A aquecer as paredes frias, sem vida, dos salões.

Os lábios da menina tremem de terror, como uma criança perdida no tempo, ali sentada, como um ser minúsculo diante da grandeza do palácio vazio. "Quem sou eu?", tentava se lembrar, mas suas perguntas flutuavam num labirinto de dúvidas e, como num trem fantasma, corriam de costas para as respostas por que tanto ansiava.

— Que bicho me mordeu que me impede de ouvir outra voz, senão a do meu pensamento?

Naquela altura, a menina não imaginava e nem sabia o que era solidão, apenas a sentia, diante do vazio das palavras, da ausência do consolo, diante de um silêncio barulhento. Pedia socorro e não ouvia uma voz. Não havia ninguém mais no castelo. Ninguém para celebrar a arte do encontro, este fio entrelaçado de afeto e de vida.

Onde está a menina do laço de fita, dos sonhos perpétuos, em dias de verão? Onde ficaram as tardes chuvosas, à beira da lareira, na cumplicidade com o pai? Onde?

Já não se ouvia a música nos salões repletos, dos bailes vespertinos à fantasia, no Carnaval. A meninada pulando, jogando confete, se enrolando nas serpentinas e dançando ao som das marchinhas.

À noite, só mudavam os personagens: políticos, artistas, empresários, juristas, reis e rainhas, literatas e cronistas se divertiam mascarados de anjos e demônios. Fantasiados de santo e de diabo, no ritmo da folia, ouviam os sambinhas: "Acredite nos políticos" e "Mundo fechado pra balanço".

Enquanto isso, o palhaço puxava o cordão. E a imprensa, ávida para contar certas e determinadas notícias, sempre presente, registrava.

—Onde estão todos? Onde estão?

A festa acabou. O rei está vivo em outras paragens. Rei vivo e posto, amigos? Rei morto.

E a menina, precoce, se perguntava:
—Onde está Deus? Que deus habita cada um? O deus da circunstância? Da insegurança? Do descompromisso? O deus da festa?

O silêncio suspira, chora, grita, a vida é sombra de um corpo, de um cérebro. Sem asas, sem pernas, o tempo e a menina se fecham no vazio.

"Ah! Não me pergunte como achar o tempo", pensou a princesa-menina, olhando de novo para aquele castelo de cartas embaralhadas. À espera do tique-taque do relógio em que o pai dava corda logo cedo, e do convite para, em seguida, o café.

E encontrando o abismo, o tique-taque surdo das horas internas, o barulho ensurdecedor do silêncio, o espelho então se quebra e a menina se transforma no sapo, engolindo todas as feras, aquecendo o seu frio. E a princesa, adormecida, espera a bruxa... Quem sabe para encantar o sapo?

9.
MÁQUINA
DO TEMPO

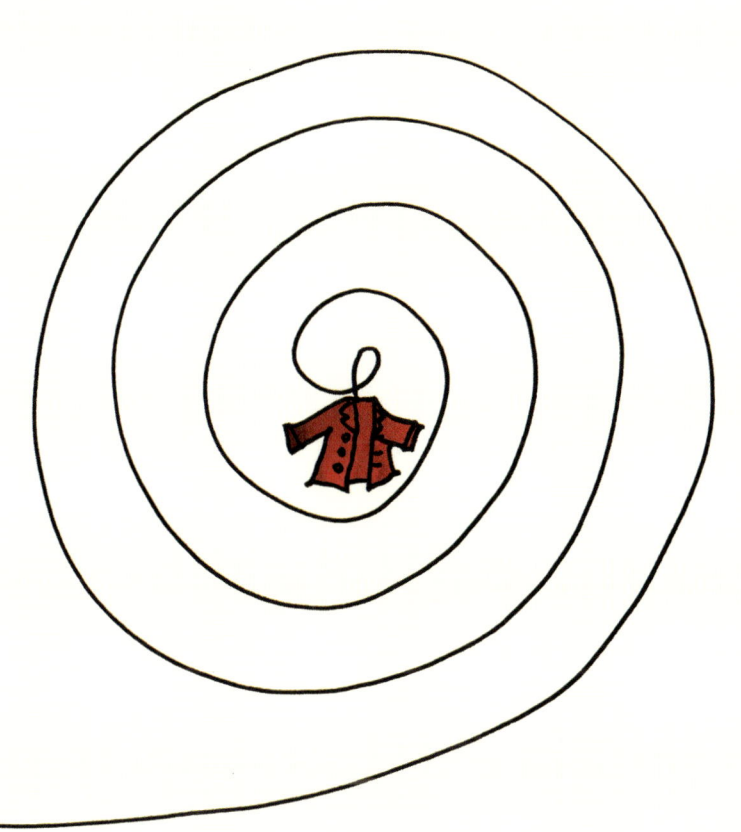

O sapo-Priscila-menina olha pelas frestas da paisagem e acha o vazio. Olha o céu e encontra o pai conversando com uma nuvem, lendo o seu último romance. E se comovendo com a pergunta da protagonista Giselda: "Mas por esse homem?" "Sim, por essa sensibilidade", lhe responde Lopez, "pelo prazer de estar junto, por todas as cumplicidades, pelo estar vivo."

A menina-princesa pensa que sonha. E se pergunta pelo tempo do agora, distante, indiferente, soberbo, cicatrizado, independente de todos os azares, friezas, incompreensões, de todos os protagonistas ou personagens reais... E murmura: "Tempo, onde talvez o amor não me encontre e não me espere..."

Com a página em branco, o sapo-menina tenta reescrever sua história. A pensar no amor como o canto confortável, íntimo, responsável. Como o grão de areia que se alcança sem binóculo. O canto de raiz. O silêncio sem solidão. A companhia sem domínio.

E tenta imaginar um fim de tarde no castelo aconchegando a noite. Surpreendendo o dia. Sedimentando o fundo sem forma, sem fôrma.

Mas o castelo lhe foge, amarrotado, diante da múmia-mãe-rainha. Reinando absoluta e só. Avessa a qualquer leitura mais aprofundada dos fatos e sentimentos.

Em sua reticência, o sapo-menina se pergunta:

— Em que tempo você me deixou, mãe? No tempo sem tempo? Tempo sem memória, tempo afobado, calado, ou, quem sabe, culpado?

"No tempo invisível em que lhe escapo como um átomo. À espera de uma palavra, um beijo, um encontro. E você não me percebe. Mãe, eu estou aqui, mãe, eu não me invento, mãe."

E conclui, no sofrimento maduro:

—O tempo não me ensinou a romper com a ausência do pai, parece que ele está brincando comigo.

O sapo a condena. A menina a perdoa. E olha no olho da imaginação e a encontra nova, com o rosto sem nenhuma sombra, sem nenhum traço. A mãe-rainha caminha firme na trilha de uma floresta. E deixa ao vento um bilhete. Extenso bilhete.

O sapo-princesa-menina indaga ao tempo e grita:

—Pai, onde ficou o meu casaco?

10.
INCÓGNITA
DO TEMPO

O bilhete ao vento desenha uma nova face da rainha. Sem nenhuma ruga, sem nenhum traço, sem nenhuma sombra de desconfiança e vaidade. O seu perfil varria o egoísmo. Ela não queria nenhuma lembrança do passado recente. Tentava romper o silêncio interior, extravasava a solidão e, em cada palavra, o reconhecimento de sua intolerância. O compromisso com o inverso? Tardio, será?

Profundo não é aquilo em que mergulhamos, é o susto com as nossas descobertas. Fio de nossos alicerces.

O vento recebe o bilhete, incrédulo, enquanto ouve o chacoalhar do sapo soprando o olhar interno, amadurecido, da mãe-rainha, ao rei. E ouve as palavras:

— Fui criança mimada e, adulta, não me reconhecia ainda, criança. Nada fiz para impedir a sua ausência de mim e da nossa filha, que sempre o esperou e ainda o espera. Nada fiz para conter a sua despedida. Saída inesperada de casa. Sem dizer para onde. E, calada, o vi partir.

"Penso: como você deve ter sofrido com a minha empáfia diante das pessoas, daqueles que nos serviam com amabilidade, sem ao menos um olhar de generosidade!

"Ainda estou vendo o seu olhar diante das minhas palavras duras e imperiais: 'Estou pagando, o que você quer? Tem que ser tudo como quero e na hora exata.' Mas, Maria, são três malas, só suas, que ele está levando? Você me apontava para o Juarez, para todo peso que ele carregava com um olhar sombrio. Só agora percebo como fui senhora de escravos... E quanto ódio eu semeei sem nenhum motivo.

"Hoje, ainda me importuna o tempo em que não consegui ouvi-lo, pois só ouvia a voz das minhas fantasias, na fragilidade infantil de quem só quer dar o seu tom de voz à vida, às decisões do dia a dia, às tristezas, alegrias, a tudo, e roubar o espaço e o tempo do outro. Como se fosse o seu dono.

"O meu eu era a cor, o sabor, o frio, o calor do meu instante. O meu eu era o dono do mundo!

"Muitas foram as cobranças descabidas, de um mundo meu, egocentrado, onde só eu respirava os meus conflitos internos e sufocava os outros com as minhas dificuldades de entendê-los...

"O seu pai, no leito de morte, não recebeu a minha visita. Seu quarto, tão próximo, permanecia sempre fechado. Não soube ou não quis conviver com a sua doença. Por comodidade ou desapego? Hoje me pergunto, sei e não sei.

"E ele, que sempre me tratou como filha! Como pude deixá-lo partir, sem olhar nos seus olhos, ainda abertos?

"E agora entendo o quanto ele precisaria de um afago, de um aperto de mão, de um toque, de um afeto, num momento tão difícil.

"Como pude ser tão ingrata! E o deixei aos cuidados dos empregados. E você, como filho, se desdobrou em muitas pessoas até o seu último momento de vida e depois desabou de cansaço.

"Que bom seria se pudéssemos desligar a memória e não nos lembrarmos de mais nada! Mas os meus atos parecem marcados de culpa, inação e egoísmo.

"Confesso que fui desistindo de olhar o seu pai no momento em que ele não me reconhecia mais. Como sempre quis ser o centro das atenções, pensava: 'Como esse velho deixou de me amar? Que ofensa!'

"Em nenhum momento, atinei que o tempo é um demônio que nos fala da inconstância e desordem dos nossos neurônios. Desliga as emoções do homem, involuntariamente. E eu esperava o abraço de ontem e ele não vinha. O cérebro de seu pai era uma sombra. E eu não conseguia me ver nessa sombra.

"Via o envelhecimento do seu pai e pensava nos seus irmãos, que, como eu, se distanciaram. Defenderam-se do sofrimento, eles sangue do seu pai, e aí me perguntava: 'Por que teria eu de fazer o papel deles?' E em nenhum momento pensei em você, como eles também não...

"Só mais tarde fiquei sabendo, pelos empregados, que seu pai chamava pelo meu nome, dormindo.

"Você nunca me contou. E ainda me protegia de todo sofrimento. Tempo em que nada vi e ouvi...

"Agora, com a casa vazia, não consigo construir a memória do afeto, que não soube dar. A fuga da responsabilidade, do compromisso com o outro, me deixou só.

"Nesse exato momento, me recordo da perda de um sogro amoroso e presente. Nomino como marcas. Marcas de compreensão, de presença, de amor na palavra, nos gestos, nas atitudes, na expressão dos olhos. E me pergunto: 'O que fiz para isso?' O que me faz pensar sobre isso agora? Medo da solidão?

"A solidão me faz escrever no vazio de um quarto não visitado, ignorado e dizer: 'A senilidade nos distanciou dos tempos dos longos encontros em família!'

"Aqui, agora, ao lado da cadeira vazia deste ancião, seu pai, que iria completar 87 anos, eu me recordo da última vez em que entrei no seu quarto. Encontrei-o olhando para as paredes, com olhos de pedra, num vácuo. E jamais voltei.

"A cena anestesiou os meus sentimentos. E fugi da dor egoisticamente, sem dar asas a sofrimentos.

"É difícil aceitar a soma de cada dia, em nosso corpo, em nosso cérebro, não quis olhar com realismo o destino do envelhecimento. A atrofia de nosso cérebro.

"Abro a janela e de repente avisto o rosto de uma borboleta. Rosto? Rosto aprisionado de um inseto.

"Com o seu corpo contorcido, entre quatro paredes. E penso: 'O que falam seus olhos invisíveis, escondidos em sua asa quebrada? Mirando o vazio, num canto de uma gaveta?'

"Não consigo escapar de mim, converso em versos com a sua asa: 'Tua alma, criança, brinca/teu corpo te veste de velha/a velha com a criança briga/ Tortuoso destino teu/tua dor fala em silêncio/e se apropria de mim.'

"É! O tempo não tem pressa! E nos faz sentir uma dor atrasada, nos faz refletir sobre os nossos medos, angústias, ausência de compaixão, vestida de fragilidade. E sentir vergonha de nossos atos e omissões.

"Hoje o tempo me revela só, com a incógnita, se ainda há tempo... E me pergunto se o tempo me espera... E se o vento me trará alguma resposta."

11.
TEMPO E
NÃO TEMPO

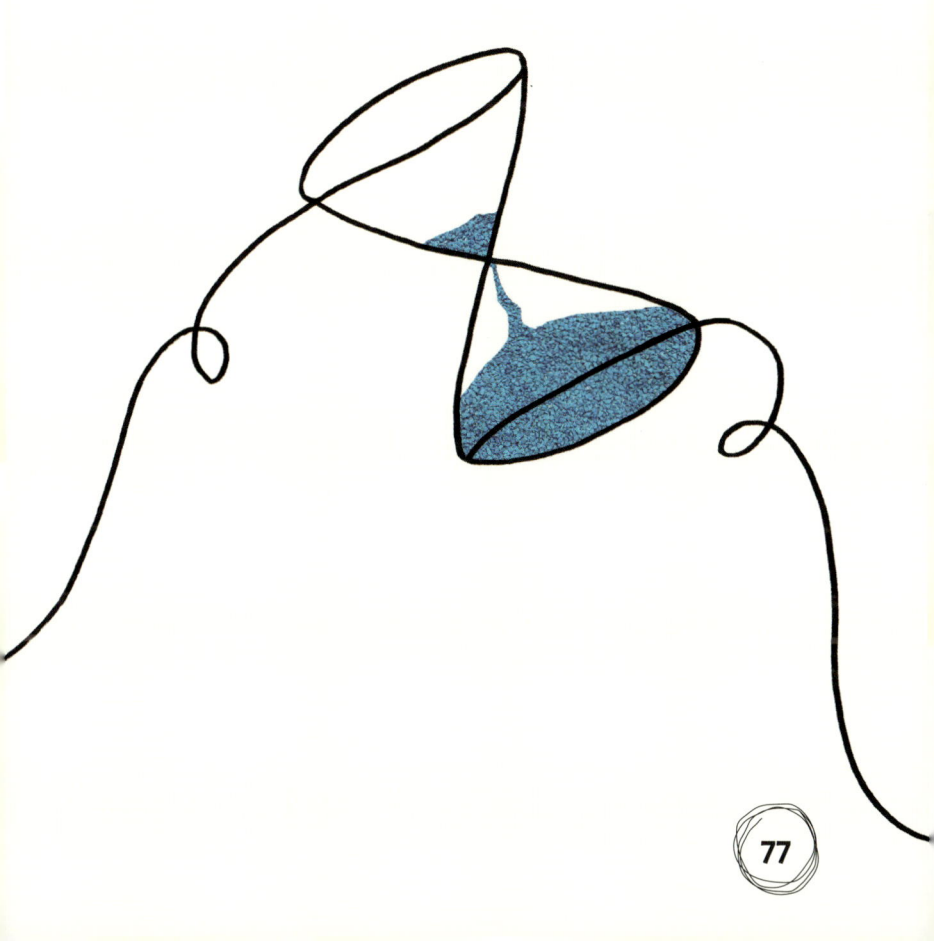

Tempo, sempre o tempo. Seria ele testemunha da vida, testemunha da eterna dança da existência? Do vazio e do espaço? Tempo: criação de quem vive e invenção de quem morre? Será que o tempo morre com as palavras, atos, pessoas, será o tempo uma ilusão?

Tempo, sempre o tempo. Tempo em flor, tempo em pedra, responde a princesa-menina. Muitas vezes sábio, nos desliga da dor do outro como se ela não existisse. Outras vezes, nos bate com o açoite diário e coloca à prova nossa resistência. Diz a si e pergunta ao sapo-menina, com o pensamento na mãe: "Será que ainda/ há tempo/ de acordar o tempo?"

E pergunta ao pai:

— Será, pai?

O coração da menina costura o silêncio.

A verdadeira solidão é voar e voar sem pouso. Voar em seus pássaros internos, inquietos e se perguntar! "Passarinho fugiu, gavião o pegou, passarinho voou, sem cabeça acordou..."

E o tempo sem verso, disperso, oculto, incerto, adormece...

12.
TEMPO ENCOURAÇADO

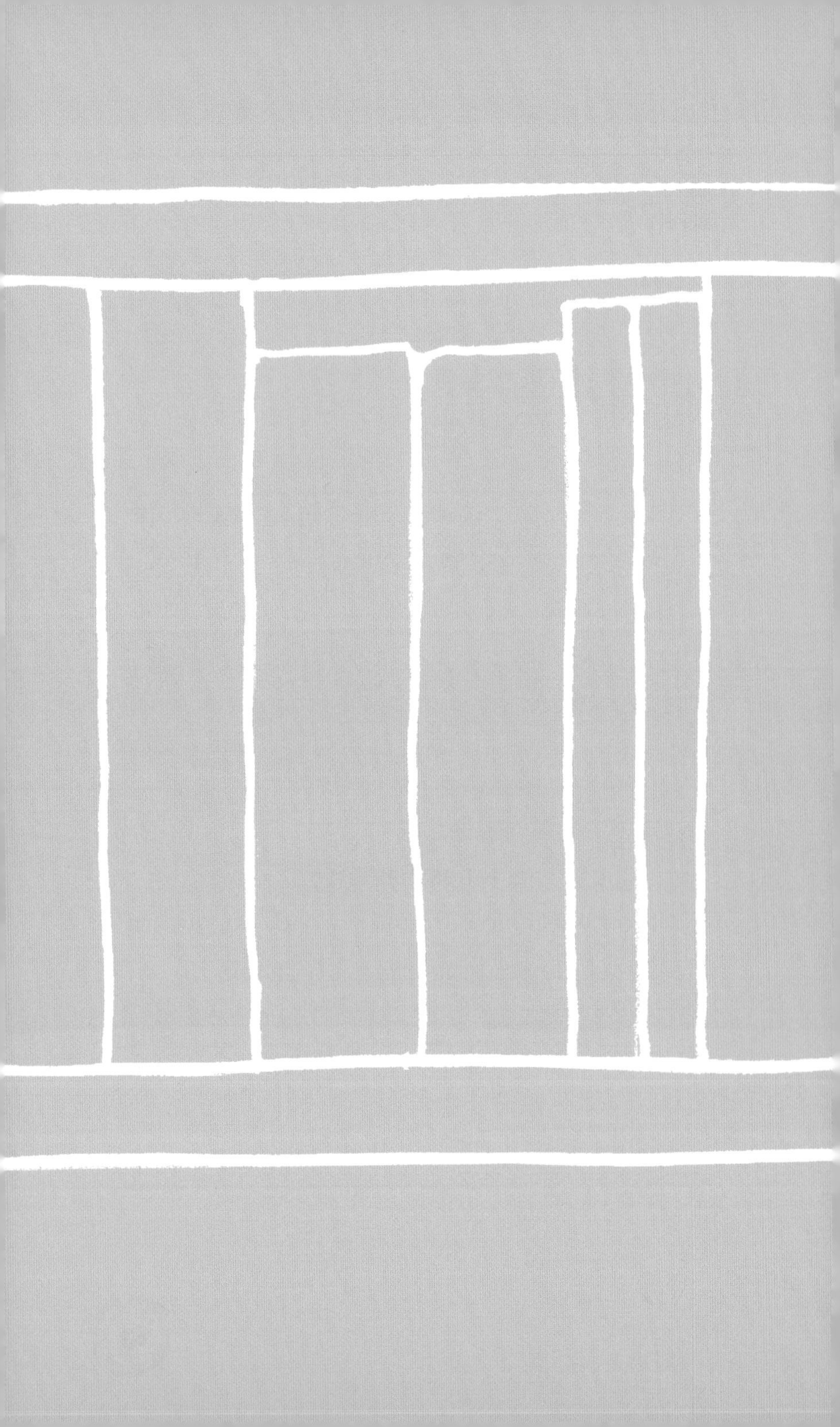

A menina volta ao tempo dos compromissos com afeto. Tempo de visitas diárias ao Parque das Águas do castelo. E vê o pai sentado à sombra dos bambus, em seu jogo de xadrez rotineiro com os amigos. Sempre no mesmo horário, colhia na fonte sua água mineral predileta que levava, no copo, ao pai-rei.

E começou a revisitar os dias em que pontualmente, às cinco, aprendia a nadar no Aisam, rio que corta as terras longínquas do castelo.

E pensou: "Há quanto tempo não se via vestida de menina, quando seus olhos escapavam do terror dos dias de agora, vazios, sem companhia..."

O rio parecia ter mudado de endereço, pois já não era mais visitado. O professor-pai, ausente, lhe pregara uma peça. Os braços e pernas da princesa-menina desaprenderam a nadar.

Ele havia saído de casa no silêncio, sem coragem de expressar um sentimento. Mas todo sentimento estava expresso no seu rosto.

A mão da menina já não cabia mais nas mãos do pai, no caminho aos lugares, parques, circos, praias, viagens, bibliotecas e rios...

E a menina se lembrava da última imagem. A mesa ficara posta a seu gosto, a toalha de linho bordada, as três xícaras de porcelana pintadas, o café só aguardava o sinal da chamada. A cadeira vazia.

E dizia a si: "O tempo não me ensinou a romper com a falta, só me ensinou a sorrir e chorar. A chorar sorrindo e sorrir chorando."

Os vazios dos dias foram se ocupando de forma responsável. A criança foi aprendendo a ser adulta precoce, diante da orfandade de pais vivos. Diante do quebra-cabeça de um tempo em que só o silêncio a escutava.

E só se ouvia a voz imperial da rainha aos empregados, a qualquer hora:

— Kelly, você não enxerga? Ande, vá logo. Olhe o chão!

Um único cisco no tapete já era motivo de punição. À noite, parecia não ter sono. A noite virava dia. As pratarias desciam do seu pedestal e feriam os dedos dos serviçais com tanto brilho.
Os cristais deixavam as cristaleiras e passeavam pelas pias, espumando sabão na madrugada, nas mãos cansadas dos ajudantes de cozinha.

A rainha parecia vingar suas frustrações, extravasar seu ódio latente pela vida. Os detalhes da casa esqueciam a filha, vigiada pelos tutores. Enquanto os cadernos escolares da menina continuavam abertos às dúvidas e a perguntas não respondidas, presas às exigências dos mestres inflexíveis.

Muitas vezes a menina se perguntava: "Quem é Deus? Onde ele mora? Deus não fala? Deus ouve?"

A curiosidade e a aflição da menina a transportavam à sala de aula do castelo, onde o pai conversava com seus alunos, filhos dos seus empregados, sobre Deus.

Atentos, ouviam as afirmações e questionamentos do rei:

— Deus é o mistério da convicção. Alimento para quem tem fé. Instinto de defesa para quem acredita. Penso que Deus é pergunta, intuição. Não há fórmula para encontrar Deus.

— Então, Deus é amigo? — quis saber um aluno. — Era como se a vida estivesse lhe pregando uma peça, logo ele, o mais tímido, que, introvertido, não sabia fazer amigos.

— Também — lhe respondeu o rei. — Seria também o desafio da esperança? Da procura? Do sentido? Do infinito silêncio sem respostas?

Levanta-se outro aluno, o pequeno Rafael, e pergunta:

— Então, Deus é o ouvido de cada um?

O pensamento da menina voa para as histórias que o pai lhe contava sobre os mistérios da criação do universo, do tempo, do espaço, como tudo começou: o Big Bang.

E não ouvia nem o tempo, nem o espaço. Tudo parecia sem movimento. Só restava a memória. O tempo do agora, sem vestígio, nenhum gás, nenhum pó, nenhuma poeira. Nenhuma estrela para contar histórias. É como o vazio que tem e nada tem. Não tem verbo, não tem sonho. O Big Bang lhe parecia uma invenção.

E se recordava: "Filha, o homem vive num vácuo profundo e impermeável, com o desconhecido."

E ia ouvindo a voz da memória, o pai lhe falando da existência, quando se lembrou de uma frase: "Antes que o homem aprisionasse o tempo, a eternidade já namorava a lua há muito tempo."

A menina foi colhendo a poesia e a prosa no papel e armazenando as folhas escondidas na mesinha de cabeceira do seu quarto, retiradas dos livros da biblioteca do pai. Único refúgio para a solidão.

E encontrava dúvidas, nas páginas sublinhadas, cheias de setas e anotadas pelo pai-rei. E ia descobrindo suas manias, suas perguntas, suas discordâncias e concordâncias com os autores, sua inquietude. E se enxergava nele. Mas não conseguia enxergar o futuro. Como se viajasse num transatlântico, com o limite do horizonte.

E se perguntava: "O que é o tempo? Onde está escondido o espaço? E ia dialogando com os livros, os autores e o pai. O espaço? Mais uma vez ouvia a memória: é o mistério da eternidade que toca a sinfonia do não tempo, mas a gente não consegue ver. Não consegue ouvir.

E a menina abria e fechava os olhos e não conseguia alcançar o pai... E a menina, então, resolveu mudar o foco da visão. Aliviar a tensão.

A imagem brincava de futuro como se passado fosse. E a menina ia traquinando com o presente, na ilusão de um tempo e de um espaço. Tempo de couraça. De busca. De amadurecimento.

E a rainha-mãe, ausente a qualquer indagação, dormia o sono dos justos em seu aposento. Enquanto os serviçais varavam a noite no brilho ao palacete. Nenhuma visita era aguardada na manhã seguinte. Vida que segue...

De pedra em pedra, se armava a couraça de um tempo em que a menina tentava descobrir uma flor e chorava, descobrindo uma pedra.

13.
TEMPO DE CATEQUESE

E a menina se sentia prisioneira de seus preceptores. Dos olhares de repreensão a uma criança ousada, cheia de perguntas, objetivamente sem respostas.

— Onde está Deus?

A catequese da autoridade não convivia com qualquer curiosidade. A rebeldia era movida a sermões e pancadas.

Então, a menina resolveu se esconder na biblioteca do pai e alimentar suas dúvidas. E ouvir os sentimentos diversos que a faziam refletir.

E, aí, gritava, dentro!

— Pai, volta pra gente conversar!

Nesse tempo de boas leituras, no seu esconderijo se encantou com O *pequeno príncipe*, de Antoine de Saint-Exupéry, e se indagava:

— Por que certos adultos têm as respostas prontas e não admitem variações?

Queria entender a falta de percepção dos seus preceptores para o mundo mágico, do sonho, da esperança, das crianças, onde as imagens passeiam muito além do que parecem ser.

A princesa-menina tentava convencê-los do seu terceiro olho, mas a humildade passava longe dos seus mestres, que não conseguiam ouvi-la.

Então, ela repetia alto, para si, como que tentando se convencer de que estava sendo ouvida: "O olhar de cada um dá o tom, cor à vida e pincéis à imaginação."

E se lembrava do desenho de uma caixa do autor de O *pequeno príncipe*, dado ao pequeno personagem, onde, dentro dela, havia um carneiro. E lhe dizia:

—Somente um carneirinho!

Dentro, para o autor, existia apenas um diminuitivo. Mas, para o pequeno príncipe, havia algo mais, diante do tudo tão pequeno onde habitava, e lhe respondeu convicto:

—Não é tão pequeno assim!

Diante disso, a menina pensava como os seus preceptores estavam cegos e só queriam lhe cobrar ensinos teóricos do catecismo, sem deixá-la viajar sobre cada mandamento.

E a princesa busca respostas muito além do confessionário, agenda obrigatória para quem desejasse a comunhão no domingo, para estar com Cristo.

E, um dia, perguntou ao padre se poderia ignorar a penitência em busca da compreensão de outro Deus, que não o dele.

—Padre, eu queria rezar, mas só consegui conversar com Deus. Ouvi ele me confessar que não deixou nenhuma ordem, nem com o senhor, nem com ninguém.

E a resposta nada convincente do missionário a decepcionou:

— Nunca assim você vai encontrar Deus!

O seu sentimento de múltiplos significantes de Deus se esvaía na rigidez da autoridade. E a menina se perguntava por que um homem vestido de padre tinha o poder de perdoá-la. Perdoá-la por quê? Por sua rebeldia de procurar respostas?

E ainda se questionava por que ele, um padre, nunca lhe perguntou o que era Deus. Mas não se importava, guardava a imagem de Deus quando olhava uma flor regada, quando ouvia a sinfonia de uma orquestra tocando os seus ouvidos no olho mágico de um concerto. Quando via um fio de lua no céu! O voo liberto de um pássaro, a corrente límpida de um rio!

E, assim, descobria que a fé, a religiosidade, naquele ambiente sinistro, assinavam contrato com o poder da punição, não tinham espaços para a imaginação... O sentimento pessoal de cada um, o seu olhar interno diante da realidade fria e do invisível do amanhã.

E se sentia no minúsculo mundo de uma clausura religiosa, repetindo a vida permanentemente em desencontro com a singularidade, identidade de cada ser.

Obediente e insatisfeita, foi colecionando ordens dos adultos sem dar voz às suas vontades, curiosidades, desejos, pensamentos e incertezas, no caos de uma cabeça inquieta.

E o domingo, fruto de Deus, do prazer, com a saída do pai de casa mudara o humor e respirava apenas catequese. Na capela reaberta do castelo, a menina ouvia contrariada o sermão do padre sobre o pecado, os frutos da desobediência, e se via queimando no fogo do inferno, como areia no deserto...

De olho no olho do domingo, chorava o desafio de desafiar o domingo... E o domingo gargalhava...

Ali presente, seu corpo vestia sua alma de tédio.

— Que horas são? — indagou da menina sentada ao seu lado, no banco da capela. — Perdi os minutos da hora — disse. — Acho que não sou mais dona de mim.

— Você não perdeu nada! São ainda nove horas e trinta e quatro minutos. — respondeu Janaína, filha de um empregado da rainha-mãe.

— É, o dia está só começando!

E foi armazenando cada pedra, na esperança de um dia transformá-las em flor...

14. TEMPOS CONGELADOS

A menina delira no inverno da memória. Agita-se como uma tartaruga a perseguir a nuvem, a perseguir o encontro com o pai...

E, como num barco à deriva, pensa nos instantes do passado que hoje lhe parecem breves, embora longos. Hoje lhe parecem raros, embora intensos.

E tenta congelar os momentos e vê o pai na sombra de uma árvore frondosa, concentrado, jogando xadrez.

Pacientemente, deslocando as pedras no tabuleiro, movendo-as para a frente, para trás, para os lados. E se lembra dele lhe ensinando:

— O peão, filha, é a única peça do jogo que só anda pra frente.

"Que jogo difícil", pensa a princesa! De quantos peões precisará para chegar ao futuro e encontrar o pai? Em que inverno se acenderá a luz novamente e a acordará do seu leve e profundo sono, dos seus sonhos conscientes e inconscientes? Desse xadrez de vida e de espera?

— Pai! Sinto que o tempo está ficando zangado. — Cadê você, pai? Você sabia que pensamento não dorme? Então me escuta, pai!

"A minha vontade é pegar na cauda de um cometa, viajar no raio de luz e tentar fazer ouvir o meu grito de impaciência."

E a menina ouve ao longe uma voz firme:

— Xeque-Mate.

O tabuleiro ficara armado com as 32 peças de marfim, brancas e pretas, à espera de um novo embate. Os antigos amigos, na verdade seus quatro adversários do jogo de xadrez cotidiano, se revezavam para ouvi-lo dizer quase sempre: xeque-mate. Eles também o aguardavam...

O tempo estava cansado de esperar. Os instantes, breves e longos, são como ondas, dobram-se e se perdem nos mares com as pedras e flores, mas voltam.

E a menina ouve novamente:

— Xeque-Mate.

O pai sente o apelo da menina-princesa:

— Você já viu estrela ofegante, pai? É como estou me sentindo agora, correndo atrás do casaco, pai!

O tempo venceu a partida do abandono, do silêncio, da ausência. O pai-rei tentava respirar, encurtar a sua dor e a dor da filha. Tentava se desculpar por sua fraqueza em não saber dizer não às imposições, ciúmes, obsessões, possessões da rainha-mãe. Não às desconfianças e à homofobia.

E diz, finalmente:

— Xeque-Mate.

O jogo acabou. O xadrez se define. E a menina desperta no verão. No verão da certeza, no reencontro com o pai. Uma voz suave encanta os seus ouvidos.

— Pasme, filha! Estou aqui! Da janela te olho e te vejo princesa-menina! Chamo você de Priscila, minha filha, a quem dei o nome. Peço perdão a você pela ausência, dúvida e sofrimento. Pelas minhas dificuldades. Por aceitar, aceitar, aceitar e fugir sem expressar o meu desconforto.

"Já não preciso falar. O tempo se encarregou de dizer tudo neste inequívoco bilhete. Pobre mãe-mulher-rainha. Pergunto, o que fez o tempo se contradizer? Não sei. Só sei dizer: desperdício do tempo. Tempo em vão...

"Desculpe-me, filha, pelo caminho e tempo de pedras. Hoje espero pelo suspiro de um tempo em flor."

Ao fundo, um *Prelúdio* de Chopin toca os ouvidos da princesa... Uma flor nasce no lago da vida. O relógio bate doze horas.

E o sapo acorda a menina, abraçando o pai com o seu velho-novo casaco.

EPÍLOGO

TEMPO

Um acorde tocando a eternidade.

CARTA AO LEITOR

Carta para a autora e para todas as meninas, pequenas ou não...

E também para os meninos, embora não seja diretamente endereçada a eles.

Rio, 13 de fevereiro de 2015

Minhas caras meninas,

Algumas de nós, meninas, somos princesas. Andamos por castelos enormes, cheios de labirintos e corredores. Às vezes andamos lentamente, às vezes velozmente. Muitas vezes só andamos para assustar.

Quem sabe o susto é preferido por si, pelo que ele é, do que por outras surpresas? Quando procuramos o susto, temos o controle. Nós o comandamos, já que não conseguimos comandar nossos pais.

Quantos sapos nós, meninas, engolimos! Diante de cada espelho, um sapo diferente. Cada espelho é um tempo, como diz a menina autora, cada espelho reflete um momento que não se pega, não se discute. Só resta se entregar a ele, senão fica como a menina mãe, na sua ilusão de controle, com seus traços no rosto marcados, como a menina filha sentencia. A menina mãe que dá a voz. A menina mãe, que pergunta em dor embalada por sons e música, como deve ser todo drama. Mas, por um homem? Como você me troca por um homem? Eu, mulher? Eu, mulher, que fico no vazio, atravessando.

A menina filha, conduzida pela mão da menina autora, fica sem seu casaco, casaco/pai, proteção. A menina autora nos conduz através dos sentimentos da menina filha e nos coloca, todas, dentro dela. Ela nos faz sentir a dor em cada aresta de vento que toca sua pele frágil; essa poesia escrita e musicada entre linhas nos faz vibrar nesse diapasão.

A menina filha aproveita e vê a vida e ouve outros, nas voltas desse inconsciente atemporal. Pode ouvir os pais antes de ele ir, pode ouvi-los depois que ele e seu casaco se foram. Ficou somente a referência do vazio, da falta da proteção, do casaco. Aí ela se sente o sapo sem o encanto do rei, enfeitiçada pelo fel da rainha.

A menina filha, levada para dentro de nós pela menina autora, acorda novamente com a memória quente de congelamento, com o pai presente num sussurro e o casaco de volta. Como a menina autora nos leva nesse concerto/poema/história, essa menina filha somos todas nós. Parte nascente do nosso eu ideal, construído por passagens imaginárias, desenhos incompletos e retalhos de sons.

Somos o que tememos dessa menina mãe, que perde a feminilidade, e congelamos na amargura de impedir que os filhos cresçam. Assim, desconhecemos a plasticidade e apoiamos a plástica narcísica.

Somos esse casaco que achamos que temos e achamos que perdemos. Esse pai querido e temido pela ausência da representação do que traz de fora, como é sua função, mais que responsabilidade.

Esperamos que, para sempre, um casaco nos cubra, aconchegue, proteja, enquanto formos meninas, enquanto estivermos meninas...

Frinea S. Brandão
psicóloga clínica e psicanalista

Este livro foi composto nas
tipologias Alegreya e Lemon Yellow Sun
e impresso em papel Couchê Fosco 115g,
na Edigráfica em junho de 2016.